低处飞行

王计兵 著

作家出版社

前言

我喜欢人间的美好 薄如纸张

光照到哪里

哪里就明亮

水流经哪里

哪里就潮湿

很多事物被事物决定

也被事物引领

为了引入光,发明窗

为了引入水,开凿沟渠

为了自由,团结和爱

发明了文字

诗歌,散文,小说……

不否认明亮

也不否认阴影

不否认漏洞百出

也不否认顺理成章

我们不发光，只是被光照耀

让人刻骨铭心的

不一定是伤口

更有爱和被爱

热爱，让收获更多

被往事薅过衣领的人

也会被时光抚摸着后背

人生有涯，从起点到终点。

父母在世时，总感觉自己还没长大，感觉自己长不大。当父母突然离开，把我们遗落成岁月的孤儿，一种孤单感就会扑面而来。不仅仅是身份的孤单，更是一种灵魂的孤单。就像我们曾经喜欢过雨雪，也讨厌过雨雪，都取决于我们自己内心的感觉，不是雨雪的过错。当树叶落下来，有人看到了秋的悲凉，有人却看到了大地的慈祥。那些乔木在大雪之前落光自己的叶子，将衣物谦让给大地。风雪纷至沓来时，能分明感到每一根枝条的颤抖，那也是一种幸福的颤抖吧。走在落满积雪的道路上，脚下发出吱吱咯咯的声音，此时仰望那些举着赤裸枝条的树木，冷得多么从容，冷得那么热烈。

生活是钝的，需要我们不停地打磨，打磨出光泽、锐角和刃口，来保证我们的七情六欲，来供养我们的喜怒哀乐。于是，有了那些对父母、风雪、枝叶……的凝望，有了那些凝望后笔下的文字。俗话说人生不如意事十之八九，所以人生总是会不断地失去一些什么。可无论失去什么，唯独不能失去兴趣爱好，爱好产生信仰，信仰产生力量。没有信仰的人生，怎么活也只是一条软绵绵的、有涯的生命线段。

生命的意义就在于不断增加人生的宽度，向上、向下、向左或向右。而读书写作无疑是一种增加人生宽度很好的方式。

我喜欢被文字点亮的夜空,以及在文字里涌起的海浪。我喜欢偏僻的角落里那些独自绽放的花,在默默无闻之中仍然不负春光,它们沾满污泥却努力绽放的样子总让我怦然心动。我喜欢用笔墨记录生活,喜欢在轻飘飘的纸张上写下沉甸甸的篇章。我喜欢把生活中发生的一件件事情当成一块块补丁,用文字穿针引线缝补成一件百衲衣,遮风挡雨,护佑身心……喜欢这一切,都因为诗歌和我有关。这一切让我感觉到,在荒草连天的原野里有一条踩出来的道路,而那些倒伏的荒草依然倔强地昂着头。

我喜欢琅琅读书声
金属撞击着金属
历史在回音里抛下剑戟
献上和平

我也喜欢默读

从棉花和蚕茧里

抽取往事的丝线

飘扬的不仅有红领巾

还有手帕、衣袂和旗帜

我喜欢少年、青年、老年

喜欢手不释卷的人

从彼此的眼眸里

看见彼此的光穿过黑瞳

我喜欢人间的美好薄如纸张

却能承载古往今来

一笔一画,横平竖直

我喜欢人生方方正正

黑白分明

目录 ++ Contents +++

第1辑 低处飞行

低处飞行·004

小花·006

"单手佛"·008

习惯性"打开"·010

八根肋骨·012

一粒行走的药片·014

午高峰没空打架·015

菩萨一定是辛苦的·016

我和一只鸟的头破血流·018

等·020

六百元的自由·022

像蜜蜂和花朵·023

一个用速度生活的人·025

发呆·027

时间的流动与剥离·028

倒计时的生活·030

我喜欢……·032

你也很辽阔·033

一滴血·034

恰逢其时·035

两块海绵，两处棱角·036

不等了·037

大米龇着白牙·039

我已经不想搭理你了·041

几处搬动·042

开放的天空·043

拜佛·045

在铁轨上，把自己走轻·047

夜晚有着棕色的舌头·049

诗歌的骨头·051

用手掌在脸颊擦出崭新的土地·052

用百味品味百味·054

有些寂寞为决定准备·056

给乌云戴上口罩·057

言和·058

沿途·060

生活不易，何必彼此为难·062

摔打·063

下午三点·065

外卖员喜欢雨天·067

你拨打的电话无人接听·068

收拾残局·069

看着树上的小蚂蚁·070

让诗越来越"矮小"·072

地下订单·073

洒血与洒餐的速度PK·075

如此，我才更热爱生活·076

从未如此·077

蹲在墙角打盹·078

中元节的月亮·080

把心里的水桶打满·082

水面与水花·083

奔跑的蓝·086

第2辑 父亲没看到铁树开花

父亲没看到铁树开花·090

我的左眼,从不流泪·092

岳父修理了我·094

爱从不孤立无援·096

我拿什么换把钥匙·098

两个妈妈·099

他都要碎了·100

我有一个开大车的兄弟·101

开车的人不知道去哪儿·102

第七日·103

轻也是一种重量·104

拾荒·105

闭关·107

大喊三声·109

致一朵北漂·111

祝你出入平安·113

纸终究敌不过一阵风·114

为一堆砂石放生·115

仇家·117

白发生长的适宜速度·119

哈哈哈·121

我的两个身份·122

空，是我的虔诚·123

娘，想你·126

秋天，不仅收获果实和落叶·127

羊儿匆匆回家·128

河水又瘦了一圈·130

留在人间的补丁·132

爱情·133

生命的切口·134

关掉一场风雪·136

祭·138

比如母亲·140

自己就是一个世界·141

奶奶也喜欢养动物·143

不识字的表嫂怎样签字·145

他也只是一个瓶子·146

多喝热水，真的·147

老婆的禁忌·149

只能成为竹子的一段·150

神剧·152

北坡那一小片完整的雪地·153

痛哭后变成孩子·154

我等了好久·155

大地收获了我们的母亲·157

掏出文字,让人间沉甸甸(组诗)·158

岁月,请容我待价而沽·161

第3辑 生活从不亏欠任何人

生活从不亏欠任何人·164

真正的自由和腿脚无关·165

话桑麻(组诗)·166

粮食唤着我的乳名·172

所谓废品，只是没有遇到恰当的人·174

一想到……·176

绳子·177

对于河流的认知·179

庐山慢（组诗）·181

中途下车·188

向外看，向内求·190

当归·192

穿戴整齐的米粒·193

泡桐叶的仪式感·194

打马贾家庄（组诗）·196

小到不能再小的雨·204

砖缝里·205

和一场秋雨互换角色·207

草籽·209

我在路上看天黑·211

中秋，万花筒里的月亮（组诗）·213

兼听则明·220

岩羊·222

纸张一声不吭·225

我为什么长不出翅膀·226

成为苍蝇·227

纽约上空的鸽哨（组诗）·228

大地已经尽力·237

王家庄，刘家庄，李家庄·238

如果没有人，还叫不叫人间？·239

鱼刺·241

小河被淹死·242

爱是一种薄弱环节·244

大地的呼吸与胎动·246

看夕阳的 N 种选择·248

新农村的傍晚·249

乌鸦·250

如果不下一场大雪·252

是水就流往低处·254

后记 骑手的春天·256

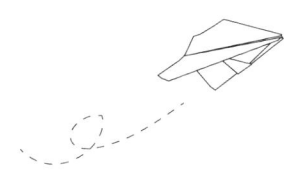

第 1 辑

低处飞行

……
……

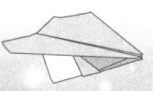

低处飞行

谁说展翅就要高飞
低处的飞行也是飞行
也有风声如鸟鸣
有车轮如流星
包装上贴着的订单
白纸黑字,急急如律令
是公文也如神符

从三百六十行里
赶出一个新就业
从二十四节气里
赶出一个小哥节
赶时间的人,从一小时里
赶出六十一分钟

从争分夺秒里赶出一份温情

把秒针和分针铺在路上
像黑白有致的琴键
谁又能说曲高和必寡
这低在大地的声音
才是万物向上的乐章
如果人间有第五个季节
那一定是，小哥的春天

小 花

大地上有很多小花
小到把任何一朵挑出来
都是笔画的一次停顿
愣神或喷嚏
但它的确是一朵花
仔细看
它也一瓣一瓣努力
伸展、翻卷、后仰
相互配合着怒放
如果只是一朵
一定是草的一次意外
可它们那么多
一朵挨着一朵,一片挨着一片
这么小的花,认真地开着

认真地爱着这个人间

在网上,我没有检索到它们的名字
科目、类别、属性
自从我遇到了它们
我就一直努力开放着自己
您好,您的外卖到了
祝您用餐愉快

"单手佛"

抢单，取餐，送餐
开合餐箱
我们一次性完成的动作
被他乘以了二
不知是因为
少了一只臂膀，身体更轻
还是年轻让他充满活力
当我在五楼拐角处喘息时
他已快步从我身边折返

一棵树经受住了天火
一座山有了陡峭的另一面
都让人怀着敬畏之心
我一只臂膀的兄弟

用单手操作着生活
就连我们双手合十
默默的祈祷,也被他简化
而他举在胸口的单手
更像是佛的一种慈悲

习惯性"打开"

每到一地
我都习惯打开送餐软件
查看当地的单价和数量
用当地单价加减昆山单价
得出一部分差额

这是一种职业习惯
就像父亲
每次看到一些荒废的土地
就会用面积、土壤和种子
计算各种农作物的亩产

我在北京打开送餐软件
仿佛很快

我就可以坐在摇椅上

打开一本诗书

读出抑扬顿挫的声音

八根肋骨

坡度太长,雨水加速了惯性
后刹失灵,前刹翻车
翻身而起的电瓶车
折断了他的八根肋骨

他向我讲述这段经历时
笑声一直穿插其中
仿佛那个同时折断八根肋骨的人
不是自己,而是一幕滑稽剧

他说你知道吗
八根肋骨会减去两厘米身高
从前老婆比我高,现在更高

我想把这首诗写得长一些
又怕长度加速他人生的坡度
他是我的同行,也是我的兄弟

一粒行走的药片

一件尚新的工装
被谁丢弃在
路边的一处枯枝上
像一张炫目的糖纸

现在我穿着它
在大街小巷送餐
一粒行走的药片
就包裹上了一层糖衣

午高峰没空打架

等餐时的拥挤、冲撞

让两位小哥先用眼神

交换一硝二磺三木炭等火药原料

后用语音投掷

刀枪剑戟，斧钺钩叉

两个火爆脾气的小哥

棋逢对手将遇良才

在午高峰前相互叫阵

然后领了自己的外卖

骑上电瓶车时

像两位将军

各自跨上自己的战马

飞驰而去

菩萨一定是辛苦的

每年都有那么多人
用香烛和跪拜许下心愿
每年都有那么多"订单"
菩萨一定是辛苦的
我甚至时常觉得菩萨
也是一个赶时间的外卖员
每天都要把诸多心愿
送给不同的人
每天都在争分夺秒

可是人间仍然有那么多
活得不如意的人
我想菩萨也会
超时、洒餐、按错门铃

弄混了订单
只是不知道
菩萨会不会收到
投诉和差评,扣分和罚款

我和一只鸟的头破血流

在一扇快速关闭的玻璃门前
我和一只鸟的区别是
我只撞了一次
就捂住头,屈从下来
那只鸟却反复撞击着
它是如此渴望自由
不惜代价
付出掉落的羽毛和凄惨的鸣叫

店老板和老板娘的讪笑声
一半为我,另一半为那只飞鸟
他们夫妻协作
正在缝补一个破损的网兜
我为了取走橱窗的外卖

而那只误入饭店的鸟

只是为了捡食

掉在柜台的几粒米粒

一只鸟和一个人

为了食物

同时付出头破血流的代价

等

她一次次掏出内心里的钥匙
打开房门
把外卖放在客厅
或者卧室门前的柜子上

可门锁一直没有"咔叭"一声
在征得顾客同意之前
她无权把外卖
挂在入户门的把手上

这让她想到童年
放学后找不到打开家门的钥匙
趴在地上写作业
写着写着就睡着了

可她现在睡意全无

倒退的时间

让她也像顾客门前摆放的盆栽

作为一棵不落叶的生命

有更多的冬天需要等待

六百元的自由

一个骑电瓶车的小哥
撞掉了一个遛鸟人手里的鸟笼
被另一个骑车人轧碎
一只鸟死了
一条不需要道路的命
死于一场交通事故
两个骑车人分担了赔偿责任

两百块笼子,一千块鸟
他们私下达成协议
报不报警是他们的自由
他们选择了后一种自由
我付出了六百
一千二的一半
也是一只鸟,自由的另一半

像蜜蜂和花朵

车把摔断之后

电瓶车露出铁的本性

成为挥向小哥的凶器

如同亲人反目

朝夕相处的信赖

瞬间变成猝不及防的攻击

血加上工作装

红色加上蓝色约等于黑

一个人闭上眼睛时

也是黑

对于一个逐渐陷入昏迷的人

也许夜是最好的安慰

在夜里,一切安静下来

回荡在病房的爱人嘤嘤声
才会带着战栗之后的甜蜜
像蜜蜂和花朵

一个用速度生活的人

越快的人

越容易迟到

午高峰

他用尽了吃奶的力气

还是超时了两单

总是这样

就像这个季节的河流

水流越急

越容易决堤

他把一个月的罚单

加得一个负数

用对等的正数

捐给了灾区

感觉就像

填平了一段道路
坑坑洼洼的积水区
一个用速度生活的人
把平坦给予了他人

发呆

是什么可以让一个人

承受一切,又忍住了一切

傍晚

我遇到的这个外卖小哥

正用发呆把自己雕成一根木头

我拍他肩膀

是担心他脚下生根

担心他接下来的奔跑

会像是一株连根拔起的植物

尽管他回头瞪我的眼神里

满含岁月的风声

既没有春天,也没有落叶

时间的流动与剥离

推开窗,房间里
也渐渐冷却下来
与外面的温度逐渐中和
尽管夜黑到伸手不见五指
我还是能体悟到
时间的流动
时间围绕,将我冲洗
剥去我的层层泥污

下午我去学校送餐
隔着围栏
一群孩子惊呼
看,那个外卖老头
尽管我有头盔和马甲

作为包装包裹

他们还是轻而易举

就剥出了我，大半生的核心

倒计时的生活

很明显,老板娘也有些忙乱
可时间在退
像一扇门逐渐关闭
我需要侧身才能快速通过
所以不得不再次催促老板娘
出餐出餐出餐
孩子不知成人的崩溃
可能就在一瞬间
加减乘除只是偶然的稻草
我理解老板娘
为什么大声辱骂自己的孩子
我知道老板娘想让我明白
她所骂的

不仅仅是自己的孩子
还包括我这个近乎于她父辈的人
当然,也包括倒计时的生活

我喜欢……

我喜欢这天蓝色的短袖工作装
喜欢裸露的双臂被太阳晒黑
喜欢盛夏打造出我身体里的铁
这与生俱来的重金属
让我在骑行的路上有着铁骨铮铮的回响
从昆山到上海,从上海到苏州
从盛夏到盛世,仿佛一列崭新的地铁

你也很辽阔

真正的水不需要容器
比如来去自如的大雾
比如大雾中穿行的人
身上披挂的自由的水珠
大雾早于水珠
水珠早于一个人
在马路上逐渐消失
后来大雾反复回来
雨也来过
那个人再没有遇见
有些骑手比水自由

一滴血

滴到纸上
像一朵花
像一轮太阳
像一种证据
像一种屠杀

快递员的一滴血
滴到订单上
像一个污点

恰逢其时

情人节,一些花开
恰逢其时,代表爱情
清明节,一些花开
恰逢其时,代表悼念
我们也恰逢其时
因此携带订单,沿街飞驰
恰逢其时的事物
不一定美好
却一定有恰逢其时的使命

两块海绵，两处棱角

队长告诉他

餐箱底有一块多余的海绵

小憩时可以垫着台阶

果然，舒服多了

一块海绵，隔开了商场

水泥台阶坚硬的棱角

给予后脑头骨的痛感

他躺在那里

微闭着眼睛

喃喃自语地练习

外卖小哥的礼貌用语

练习把身体里的海绵掏出来

垫在他与生活的棱角之间

不等了

等待像一把剪刀
一秒一秒剪短时间的绳索
不等了,他反复警告自己
反复把时间挽成绳结
以为这样就能避免订单超时
他在门里门外拔河
出餐时间还在延长
送餐时间持续缩短
罚单是系在绳子上的红布
不等了,他下定决心的时候
听见剪刀咔嚓一声
惯性把他和手里的其他订单
摔倒在马路边缘的水洼处
让他看上去

不像是一个等餐的小哥
倒像是一个被时间追赶
慌不择路的小偷

大米龇着白牙

小麦的叫麦草

大豆的叫豆萁

红薯的叫红薯秧

玉米的叫玉米秸

就连农民都叫农民工

唯独大米的叫稻草

大米是一种忘本的庄稼

为了自己的白

用无法下咽的稻糠做搪塞

改变自己的出身

所有的庄稼里

我最看不起的就是大米

在我饥寒交迫的少年时代
它只出现在富人的碗里
朝我们龇着白牙

刚才到店取餐时
老板斩钉截铁地说
68号，取消吧
顾客只点了廉价的白米饭
我们有权取消订单

我已经不想搭理你了

他信佛，信轮回
信菩萨，信报应
他信很多看不见的事物
所以，他能看见很多
别人看不见的东西
他眼里的外卖是命
是渴望，是期盼
是嗷嗷待哺
甚至是救死扶伤

为了写诗
我是一路追着他采访
他说你信不信我已经不想搭理你了
我信，因此这首诗戛然而止

几处搬动

天空搬动月亮

搬动三星爬上三竿

时光搬动岁月

搬动少年翻越中年

脚步搬动餐箱

搬动外卖穿街过巷

现在他在十六楼的拐角

扶着墙,等待呼吸

将他搬下楼梯

开放的天空

一群天鹅经过天空时
一阵鸣叫也经过天空
像一个久别重逢的梦
我曾经多么渴望这样野心勃勃的飞翔
从南到北，从西到东

故乡的田园一直跳跃着麻雀、斑鸠、鸽子
低处的翅膀，如同我
和我任劳任怨的乡亲
拥有着羽毛却忽略了天空或被忽略

我见过笼子里的燕雀悠然自得的样子
叫声明亮而清脆
替江湖干涸了江湖

替天空关闭了天空
替夜晚盖上一块黑布

也不是所有的飞翔都轻盈
飞得最高的天鹅
起飞时双蹼踩过水面
每一步都那么努力，那么笨拙
都像是曾经的我们，每一步
都可以成为放弃起飞的借口

为了生活，我们好像忘记了
梦是一种天意，而梦想不是
我们曾经拥有过羽毛
如今就可以拥有飞翔
就能在天地之间，自由来往

拜 佛

订单太少了

大多时候都在等单

路过山寺的时候

突然想去拜拜

想去临时抱抱佛脚

赐我订单,养家糊口

却被山寺门卫干涉

让我买香

否则禁止跪拜

让我突然觉得哪里不对

不知道是平台,是我

还是这个

没穿袈裟又削了发的门卫

于是只好对着寺门

鞠了三躬

以至于这个下午

每当接到高价单

我都认为和我鞠过那三躬有关

和佛有关

每当遇到困难

我又觉得和门卫有关

在铁轨上,把自己走轻

一条废弃的铁轨
不再有新的岔道
和金属闪光的回声
走在铁轨上
抄近路送餐的小哥
展开着双臂
一半是生活
一半是岁月
维持着他
摇摇晃晃的青春
风吹拂一次
就明亮一次
在秋天
所有的果实都在沉重

所有的叶子都在晶莹

一个走在铁轨上的小哥
一段一段放下内心的枕木
一步一步,把自己走轻

夜晚有着棕色的舌头

橘黄的路灯
照耀沥青色的路面
一个外卖小哥
作为旁观者
停在夜晚棕色的舌头上
对面的救护车
眨着诡异的眼

几分钟前
两个对向转弯的小哥，撞了
地上散落着一些电瓶车的骨头
每年都有被夜晚
棕色舌头舔舐的人
有的人一去不返

有的人被吐了出来
满身血污

我在路口伫立了好久
差点成为一根钉子
把夜晚棕色的舌头
钉死在路边的绿化树上

诗歌的骨头

晚上下班后
餐箱里的诗歌手稿
因为洒餐受潮
字体只剩下了
一些分辨不清的痕迹
就像一首诗死后
只留下了一些
黑色的骨头

用手掌在脸颊擦出崭新的土地

过午的阳光

有恰到好处的暖

午高峰过后

短暂的清闲

几个外卖骑手

谈到暖

想到回家和离别

怀着各自的光线

照出各自的影子

一个人

不做一件错事很难

不做一件好事也很难

在人间

没有好人坏人之分

只有好事和坏事
刚"出来"不久的小哥
突然哭了
他没有接我递过去的纸巾
只是用手掌
在脸颊擦出两片
崭新的土地
就像他崭新的生活
和他身上崭新的工装

用百味品味百味

每逢盛大节日

城市的马路

就会特别地空旷

展露出畅通无阻的动脉

今夜,昆山

高高飘扬的红旗

散发着桂花的香气

我餐箱的夹缝

仍然装着一本诗集

上次洒餐的胡辣汤

今天洒餐的麻辣烫

和一首首诗歌混合着

用百味品味百味

我也散发着香气
和这满身的血性
所以我裸露的脚踝
被蚊子叮出大包
不过是被生活点下了
诱人的朱砂

有些寂寞为决定准备

有些寂寞是为决定准备的
比如毕业和择业
他打的水漂又多又远
多次贯穿到对岸
整个下午,他在一段
布满瓦砾和石子的河滩来来回回
也像什么人不断打下的水漂
后来,他穿上一件黄色马甲

给乌云戴上口罩

天空伸出闪电的手指

发出呵斥的雷声

每逢此时

我都想给天空戴上口罩

让云层只下雨

像一个掩面哭泣的人

让天下都是悲悯之心

让惊慌失措的水流

自己选择来龙去脉

有时沉默也是一种温柔

当顾客接过外卖

没有因为超时大发雷霆

而是默默注视着外卖小哥

消失在大雨之中

言和

每一场阵雨后
都会有外卖小哥被淋湿
有时因为雨又快又急
有时因为忘带雨具
这次的雨是慢慢加大的
符合雨的常规
雨衣在餐箱夹层
崭新,折叠工整
多年的经验告诉我
有两条路供我选择
要么停车穿戴整齐
从容应对订单超时
要么继续加速,争分夺秒
我选择了后者

所以雨点打在我的头盔上
像胜利者的笑声
我也在笑
在我按响门铃的瞬间
攥住了平台的手腕
时间停止在最后两秒
一个外卖小哥和上天
握手言和
雨水像酒
注满生活的酒杯

沿 途

那个秋游的帐篷
帐篷旁边席地而坐的男子
男人身边踢球的男孩
男孩后面自拍的女子
我把他们依次设想成我
也无非是这样
无非是
2021 年的秋天
秋天的一个下午
他们在送餐途中
路过一个个的我

事实是这样
我一面骑着车子

一面唱着歌

在一首曲子的转音处

突然停了下来

像一朵花，在芳菲的尽头

停顿了一下

为了秋天的果实

做足准备

生活不易,何必彼此为难

取餐时,店里没人
为了尽快找到老板
我在餐厅拍了照
刚巧遇到回店的老板
滚,出,去。就像老板嘴里
有着收放自如的石头
一遍遍砸来
直到将我砸出百米开外
而那一路散乱的石头
就在一位老板和一位外卖骑手之间
形成了一条路
硌脚、松动,容易受伤

摔 打

大风不停挥舞树枝
摔打雨水,挥舞雨水
摔打行人,挥舞行人
摔打雨伞和雨披
他是倔强的那一个
扔掉被撕破的雨披
并把工装在身上拧紧
让自己看上去
像一截绳索
他挥舞自己
像一根粗壮的鞭子
沾着雨水,抽打着大风

他就要逼问出真相了

当他仰起脸时
单元门像现代生活
张开大嘴
楼道里响起电话铃声
和脚步逼近的响动

下午三点

她睡着了
孩子在她的怀里
也睡着了
在午后
在沙县小吃店
在靠近墙角的沙发上
年轻的老板娘
和她的孩子
一个梦抱着另一个梦
在梦里

我蹑手蹑脚地取走
餐桌上的外卖

像一个小偷
偷走了她俩梦里
辛苦操劳的那部分

外卖员喜欢雨天

相对于风和日丽
我更喜欢风雨交加
订单爆屏,单价飙升
在各种各样的外卖里
我就像一个挑三拣四的人
就是一个只选贵而不论对错的人
我在风霜雨雪里穿行
就像一首诗里高傲的海燕

你拨打的电话无人接听

春雨打得湿行人
打得湿树木、草坪
打得湿午夜路灯
打得湿外卖小哥
却打不湿外卖

屋檐下的小哥
反复拨打电话
反复被忙音打湿
时间在退,阵雨在加速
除了外卖,一切都是湿的
此刻,春雨催生一切
只有一个外卖小哥的内心
持续发霉

收拾残局

导航对的

地址对的

门牌对的

外卖单号对的

时间对的

收取外卖的顾客

也是对的

只有外卖小哥是错的

投诉成功,罚单成立,不许申诉

他不知道自己错在哪儿

不许申诉

莫须有

让他想到岳飞

和那首

荡气回肠的《满江红》

看着树上的小蚂蚁

这些微小的生命
对自然有先知先觉
所以才提前搬家挪窝
用来躲避灾祸

不知何故
一只落单的蚂蚁
匍匐在一棵树的褶皱处
如同匍匐在湍急的河流

此刻的蚂蚁
一定六爪紧紧扒住树皮
一言不发，也许大声呼救
只是由于生理差异我听不见

一只蚂蚁一定有自己的绝望或使命
才会出现在一场雨中
如同一个外卖小哥在雨中的斜坡
拼命护住电瓶车后座的外卖箱

让诗越来越"矮小"

我写诗越写越短
读诗也是
每次打开手机
总是钟情于那些三言两语
而长一些的
读之前就开始担心
等餐的间隙时间读不完
我不想在送餐的途中
像一只鸟
叼着一只虫子在飞
这会让我想起
风雨中的鸟巢
和那些嗷嗷待哺的雏鸟

地下订单

如果没有订单指引
我依然不相信
这个废弃的地下室
居然住着人
我若同情他
可他有高端的电脑和手机
我若羡慕他
可他又住在幽暗的
连走路都充满回音的
让人战栗的地下室

我告诉他外卖抵达时
他没有抬头,没有言语
只用一根食指

告诉我放置的位置
这让我很长一段时间
心里都飘忽不定
像那个地下走廊的感应灯
该亮时不亮，不该亮时
突然让我打一个激灵

洒血与洒餐的速度PK

深夜像一条
翻脸不认人的狗
再熟悉的道路
也会突然龇出獠牙
用一块石头
扑倒一位外卖骑手

比洒血速度更快的
是洒餐
所以在扶正餐箱之后
他才扶正自己
摁住自己出血的伤口
近朱者赤，近墨者黑
近外卖者，百味

如此，我才更热爱生活

每次把餐送给顾客
无论我怀着什么样的心情
都会笑一笑。有时笑不出
就在心里叫一声"茄子"
喊一声"欧耶"

我送出的外卖很多
我用笑容装饰生活
像日子的封面

从未如此

从未如此
频繁更换手里的美食
像一个美食家
从未如此
频繁出入各种宾馆、酒店
像一个有钱人
从未如此
把奔走的秒针
看成是飞舞的刀子
从未如此
在各种门缝处与人交接
像某种握手
从未如此
一直面带笑容
像一尊弥勒佛

蹲在墙角打盹

看上去

一颗星星并不比蚂蚁大

但星星发着光

月亮并不比饭碗大

但月亮发着光

我发现发光的事物离我们很远

一个蹲在墙角打盹的人

像一小块遗落的黑夜

他天蓝色的外卖工作装

又像一处净明的湖面

一个倒映着黑夜的人

离我很近

此时外面繁星满天

他的鼾声里有隐约的雷

外卖箱在他怀里搂得很紧
就像一块巨大的橡皮
很显然,当他醒来
一切就会擦得干干净净
像全新的一天刚刚开启

中元节的月亮

月亮是天空的一处坍陷
还是凸起,形成的圆
是反光还是镜像。一年一年
一颗巨大的泪珠
悬垂在头顶
既不哽咽,也不释怀

人间正在推行文明祭祀
今夜餐箱不送餐
只送鲜花
我把香气送达墓园
接花的人先对我行礼
再转身对着墓碑叩拜

今夜的月亮,是一枚沾着泪水

在岁月里磨亮的凶器

站着伤心,躺下伤神

半枚又过于像坟

有心砸碎了它

又担心我的双亲,无处容身

把心里的水桶打满

他伏在电瓶车车把上
双肩一下一下地耸动
把身体里的水抽出来
从背影看
像我当年在乡下
一下一下地按着手压井
后来进城打工,普及了自来水
就再也没有了那种感觉

我没有询问小哥抽泣的理由
也没有安慰他
只是在身后注视着他
一遍遍想起故乡的手压井
直到他自己停止了抽泣
把我心里的水桶打满

水面与水花[1]
——致彭清林

（一）水面

如果他能展开双臂

十二米距离

足够在空中变换几个漂亮的姿势

以利于压住水花

但是没有。他扒住栏杆

恐高的样子，多少有些可笑

入水时的四肢微微曲张

---

[1] 彭清林，美团外卖配送员，2023年6月13日下午，从杭州钱江三桥上跳入江中救起一名轻生女子，致胸椎压缩性骨折。杭州市见义勇为基金会授予其"见义勇为积极分子"荣誉称号。

有些像青蛙，的确像青蛙
所以在他拉住落水者的瞬间
才会化身为王子
据说，冲击力足以让水面成为水泥
据说，惯性足以穿过生命
所以后来
冲击力折断了他的胸骨
惯性贯穿了所有人
心中水泥一样的板结层
让人们想起并相信
碧波荡漾，才是人间原本就有的样子

（二）水花

作为一个爱好体育的人
这一跳的姿态和水花
得分为零
是一种失误，应该抱憾

作为一个关注社会的人
类似的一跳
我还见过很多
有讨薪者,有炫酷者
也有走投无路之人

端午临近,如果还有什么水面
让人沉思和敬畏
这一跳肯定是其中之一
当他捂着受伤的胸口
笑容像水花一样荡漾

平民亦英雄
忧国忧民的屈大夫如果回眸
亦会赞叹
当年沉江的水花
和现在的凌空一跳
历史的走向已经截然相反

奔跑的蓝

比天更蓝的是海

比海更蓝的是火焰

一件件纯蓝的工装

从白天穿过黑夜

在生活的磷片上划燃

一团团蓝色火焰

在北方的冰雪处燃烧

在江南的烟雨里明亮

每一团火焰都有自己的蓝色焰心

奔跑的蓝

大多来自乡村

带着漫山遍野的青翠

在低处飞行

只要速度够快
再钝的铁也会成为刀子
何况火焰
一个个骑手化身一道道蓝光
切割叠加,把日子组合成
我们想要的样子

如果宇宙是无限的存在
我相信这些速度的蓝
是降落的天空,是行走的大海
是蓝和蓝的 N 次方

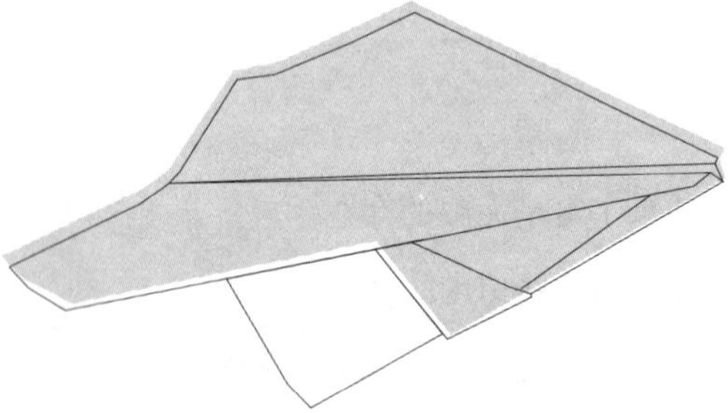

第 2 辑

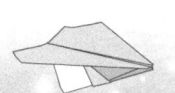

父亲没看到铁树开花

父亲没看到铁树开花

父亲把我新栽的铁树铲了
他不允许一棵树
用坚硬作为借口
缓慢地生长
父亲要在有生之年
种下杨树、梧桐
看见他们长大成才
所以父亲
把我的手稿也烧了

五十五岁我出版了自己的诗集
算不算铁树开花
父亲过世于三年前
对于一棵生长缓慢的树

三年算不得什么

可对于一个老人

三年太长了，长于一生

我的左眼，从不流泪

在路上骑行
我的右眼
总有一阵一阵的泪水
像大海的潮汐
不断冲刷眼角
以至于每隔一阵子
我就要用指尖
清除眼角盐的结晶体
我一再确认
这么多年来
我肉体的鲜活
肯定和这些盐的保鲜有关
伤口的疼痛
也和这些盐有关

而我的左眼

一定是遗传了母亲的基因

一生命运多舛的母亲

从不哭泣

岳父修理了我

我已经五十五岁了

早过了害怕岳父岳母的年龄

可每次陪爱人回家

和岳父聊起生活琐碎

聊起发生过的丛林

或者未发生的芽胚

岳父总能在恰当的地方

插上几句

让我不得不钦佩

七十四岁高龄的老木匠

尽管那些手艺和工具

早已在牙关紧咬的墙洞里生锈

可他的每一句话仍像

利斧砍成的楔子

嵌入一件旧家具

没一会儿就把我修理得工工整整

牢牢靠靠

爱从不孤立无援

爱一朵花
就要首先爱上春天
爱一场雨
就要首先爱上云层
爱一颗星
就要首先爱上夜空
爱一个人
就要首先爱上人间

那些感到孤独的人啊
如果还不知道该爱什么
那就爱自己吧
爱了自己,就是爱了
父母的孩子,孩子的父母

爱从来不会孤立无援

只要你爱上了开端

就会爱上此后的蔓延

我拿什么换把钥匙

现在是住宿的淡季
每当走来一个拖着行李的人
立刻就有一群二房东围拢过来
嘘寒问暖、推东扯西
就像劳务市场
每当走来一个招工的老板
就会围过来一群打工的民工
不同的是,这些二房东
每人怀里都揣着
一大把钥匙和卡片
民工揣着
一大把年龄和气力

两个妈妈

一个女人哭了
一个女人也哭了
我总是分不清
哪个是俄罗斯人
哪个是乌克兰人
只从字幕里知道
她的儿子去了战场
她的儿子也去了战场

他都要碎了

提起过往,他的眼里

掉下了两块石头

一个坚强的人

就连悲伤

也像是从墙壁里拆出来的

他用了几十年的时光

把自己建成了一座城堡

被拆下的两块

叛逆的孩子是一块

离异的妻子是一块

现在风能吹进来

雨能灌进来

阳光和夜色也能照进来

我有一个开大车的兄弟

真正的路
不在天涯，不在海角
在脚下
真正的方向
不是东南，不是西北
而是一种圆
一个以车为家的人
牢牢握住方向盘
也就握住了大地和天空
握住了人间的方向和弧度

开车的人不知道去哪儿

飞鸟的路在空中
鱼的路在水里
它们到了哪里,路
就延伸到哪里
真正的路是无形的
只有人类
才需要道路的指引

昨天,我的兄弟
一个以车为生的人
趴在方向盘上哭泣
说几十年了
一直找不到自己该去哪儿

第七日

他的皮肤黑黢黢的
这是长期暴露在太阳下的结果
他蹲在财务室的门外
像一颗没有引信的土制地雷
但他腥红的双眼
暴露了内心里的火药
会计说,必须老板签字
才可以支取现金
七天了,连耶稣都休息了
老板去哪儿了
他向每一个经过的人摊开双手
证明自己的确不会爆炸
他没哭,也许为了防止受潮

轻也是一种重量

气球飞了
那个卖气球的女人
先是跟着追
一次次起跳
试图展开翅膀
后来蹲了下来
开始哭

轻也是一种重量
即使向上
有时也能压倒一个人

拾 荒

生锈的刀
才是真正的好刀
像一个人的老年
迟钝,收拢,刀刃内卷
那些舔血的青春
陷入回忆
一个人反思自己
需要那么长的岁月
才能让记忆生锈

在废品站,这个老人
卖掉了几把生锈的刀
就像卖掉了几十年
闪光的日子

你看他离去的背影

多么像一截木头

一截木头卖掉了自己的刀

下定决心不再改变

不再催发新枝和花朵

闭 关

每天黄昏
夕阳才从小区高楼的缝隙处
照到 23 号楼的车库
照到轮椅里的那位老人
他太老了
身体弯曲得像一根渔钩
或者像
穿在钩上的鱼饵
被一根阳光斜斜地提着

对于一个无能为力的人
拐杖也是一种多余
挂在墙上的拐杖
只是一根修行的木头

再多的春天

也不能让它重新发芽

每次路过

我都一面噤若寒蝉

一面抱紧，身体里的黄叶

大喊三声

他把沙一锹一锹铲进推车
一车一车推进搅拌车间
一趟一趟来回奔跑
像一只鸡不停地啄食一座粮山
我不担心他的一日三餐
勤劳注定了他是一个富足的人
只是看着他铲着一座无尽的沙山
看着刚刚铲出的一个坑
又被塌方的沙子填满
感觉自己浑身都缩着筋骨
如果不是保安的及时呵斥
我真想展开双臂
冲到沙山顶部大喊三声
一声喊给不断倒来沙子的吊车手

一声喊给码头水道

等待卸载的轮船老大

一声喊给天上的流云

致一朵北漂[1]

有些植物一直在生长

从不开花

有的人一直在漂泊的路上

没有终点

一棵风雨中的树苗

倒下一万次后

一万零一次站起来

让人想起

那个背负着家庭的人

流泪一万次后

---

[1] 2022年9月经西瓜视频推荐,得知一朵北漂的故事,看了她的视频被感动,因此献诗一首表达敬意。原题《致漂泊》,稍加修改后收入本诗集。

一万零一次露出笑容

每天
喜欢家门咣当一声
把我送至门外
也喜欢钥匙转动锁孔
像一种和解
喜欢车辆的速度
微微高于生活的惯性
喜欢这生命里的荡漾
像一只风筝,被故乡牵着

生活处处响亮,生命处处回响
岁月给了我们重重苦难
也对我们恩重如山

祝你出入平安

你有你的宝马
我有我的赛鸽
你有你的风驰电掣
我有我的低处盘旋
我喜欢这些
用鸽子命名的事物
喜欢咕咕鸣叫的鸟类
低沉得如同一种慈悲
它让我想起
散落在乡间的神坛
神坛里的菩萨
和那些低低的诵念
喜欢一切美好都与悲悯有关
与和平有关
与出入平安有关

纸终究敌不过一阵风

他的心里

装了很多石头

石头的重量

让他低沉着头

可订单的语音一吹

他就飘了起来

一张纸

无论使用什么言辞

写下多少文字

都压不住一阵风

为一堆砂石放生

据说这里要开发
车辆拉来的砂石废料
一夜之间盖住了这片菜地
数十天后
当我再次路过这里
那些废料
被一张仿生网覆盖
仿生网的塑料绿叶上
落了一层灰白的尘土
而在那堆砂石的边缘
一些青菜斜着钻了出来
一个佝偻着的婆婆
正用勺子给这些青菜浇水
婆婆浇得缓慢而认真

细细的水流顺着菜梗

钻入废料的内部

婆婆仿佛不是在给青菜浇水

而是在为这一堆砂石放生

仇 家

我的父亲曾经败在
他的拳脚之下
我少年时也曾
暗暗发下誓言,待我成年……
后来我浪迹天涯

昨天在故乡的河滩
和他狭路相逢
我给他递烟,喊他叔叔
他和我谈起过往
谈起我过世五年的父亲
长吁短叹
他说那时很多次
差点没打过我的父亲

他一直弓着腰

我知道那是因为岁月的佝偻

可我仍然感觉到一种谦卑

他让我怒气全消,并满怀敬畏

白发生长的适宜速度

女儿远嫁之后
每年暑假
才会回来小住几天
母女重聚短暂欢喜之后
女儿突然哭了
说妈妈怎么突然生出
那么多白发

其实她的妈妈
一共有 102 根白发
不是一天生出来的
对于一年的时间
平均每三天生发一根

对于白发

年过半百的我们

也是初次经历

不知道是快是慢,是多是少

什么样的速度

才能让孩子止住流泪?

哈哈哈

大女儿出嫁前夕

建了一个家庭群

取名娘家人

后来

我把大女婿邀请

进了群

又被作为群主的大女儿

踢了

我的两个身份

每次和朋友聊到吴淞江
我都会补充一下
就是吴淞之战的吴淞江
就是十九军防守的吴淞江
仿佛是一种惯性
就像在老家
和年长者聊天
我会说,我是王丙现的儿子
和年轻的孩子聊天
我会说,我是王硕的父亲

空,是我的虔诚

如果我一个人进寺
肯定会虔诚跪拜
但是跪拜的人太多
我不希望,自己的愿望
给人间造成拥堵

有流着泪水上香的人
有嬉皮笑脸上香的人
有喃喃自语上香的人
有庄重肃穆上香的人
但是没有看见
面无表情之人

我去了冷清的偏殿

跪拜了偏殿里的一尊菩萨
这是一尊1989年请来
安放此处的菩萨
1989年,我二十岁
在沂河苦渡捞沙的日子
如果神仙也有身份的差别
我更愿意靠近孤单的神

落在众人的后面
比众生迟到一步
许愿池里落满了硬币
我俯身向下
看见自己的倒影

一只眼睛受伤的猫
在冬青树边
被众人抚摸、喂食
那只受伤的猫

怎么看都像是我
少不更事时打伤的那只

在众佛面前
没有许愿
我怀着一颗空心而来
带着一颗空心而返
空
是我对佛最大的虔诚

娘，想你

娘，您走后
作为没娘的孩子
我真的像一枚药片
有时我蹲着
就像半片
可我知道，有些病
终究是无法治愈
比如肺癌和怀念
肺癌伤命，怀念伤心

秋天，不仅收获果实和落叶

一片一片烧红的铁

一块一块锤打好的马掌

慢慢压弯秋天的手指

几个季节未见

曾经盛夏般挺拔的兄弟

已经佝偻了双肩

而我们的上一代

都已成为遁入尘埃的马蹄

秋天，不仅收获果实和落叶

也收获人

确实，每个季节都有人离开

但只有秋天才会如此隆重

即使一个人的一生轻于落叶

秋天也会赋予命，铁一样的红

羊儿匆匆回家

那些年回家的大巴

总是在黄昏抵达车站

把五公里的乡村小路

留给我慢慢走完

如果有一群山羊咩咩走来

我一定侧身把路让给它们

它们匆匆回家的样子

让人感到幸福

我还喜欢放羊人

被羊群远远落在后面

不慌不忙

伸手接过别人递过来的一支香烟

蹲在路边对火

傍晚的魅力

还在于雾的不确定性

大雾慢慢漫上来

秋天掏出喉咙里的马

在田野里奔跑

我不忍心触碰路边的庄稼

和小树

它们好不容易挂满露水

黑夜才是大地真正的影子

窗台上的半瓶酒

拧住了半年前的半瓶时光

52度的光阴重新打开

醉了夜半回乡的人

也醉了故乡的秋天

多美好的人间啊

父亲，母亲

可您已经过世了那么多年

河水又瘦了一圈

一场秋雨一场寒

世界像一张画作

被不停地涂抹

抹去叶子

让树更骨感

抹去人

让田野更空旷

抹去虫鸣,抹去蛙叫

让傍晚更寂静

秋雨还抹去了一扇

斑驳的木门

那里曾冲出过一位

戴着斗笠,拿着伞

去雨中寻找孩子的母亲

秋雨过后
河水又瘦了一圈

留在人间的补丁

万家灯火

多像是童年的星空

父亲说

人间离开了一个人

就会变成天上的一颗星

星星看见的万家灯火

是不是也是一颗颗

离开了天空的星星?

我和星空相互眺望

相互想念

所以才会把万家灯火

又看成是　母亲

留在人间的补丁

爱 情

一想到未来
我们俩要先死一个
我就忍不住偷偷看你
按顺序
我应该是先死的那一个

一想到将来　你需要
一个人关灯，一个人失眠
一个人自言自语
我就忍不住回头
对你的鬓发
你的眼角
又多看了一会儿
读书人习惯把这叫作爱情

生命的切口

麻药不合
妻子的发小剖腹产
只能咬着毛巾
生生从腹部切开
生命的出口

每每谈到此事
我爱人就眼含泪水
她说
那伤口不是一次切开
发小能听见自己
一点点被撕开
像一头母兽被另一头捕获

后来妻子的发小

每每谈及此事

就会把孩子抱紧

就会低头去亲孩子的脸颊

仿佛一头狮子

舔舐着自己的幼崽

关掉一场风雪

老旧电视机里的雪花

不够形象

满屏雪花时的风声

也不够形象

就连"啪嗒"关掉开关的声音

都不够形象

漫天雪花时

应该有一个黑影

越走越近

风声应该忽大忽小

伴有尖锐的哨音

而拉线开关的"啪嗒"一响

不仅要关掉

夜晚的一场风雪

也要关掉一个时代
晚归时的父亲
等待中的母亲

祭

一年多了

我没有回来过

这次回来带了两本书

一本是我的诗集

另一本也是

焚烧之前

先把四圈的乱草拔了

以免火势蔓延

我喜欢坟地荒草丛生

风声一直碎裂

像镰刀收割庄稼

难受和痛苦是两码事

一个撕心一个裂肺

比如我一会儿想到父母生前

一会儿想到父母死后

比如母亲

盛开的棉花
成熟的桃子
我们家曾经拥有
两亩棉田、一亩桃园
父亲早年遭遇车祸负伤
所以只有母亲来回穿梭
有时采摘棉花
有时采摘桃子
我用棉花取暖
用桃子甜蜜
后来我发现
这些柔软的事物都有一颗
坚硬的心
比如棉籽,比如桃核
比如母亲

自己就是一个世界[①]
——致董丽娜

十岁的时候

两扇门被慢慢关闭

尽管她扒着门缝

逗留了那么久

却再也没有听到门轴

"吱呀"一声

注定!她会是一个

没有光的人

如同巫婆的魔咒

[①] 董丽娜是中国传媒大学首位视障硕士毕业生。2023年5月,在诗颂烛光晚会上有幸遇到她,被她的励志精神深深打动,特创作此诗。

无论双手合十
还是握成拳头
都无法更改

咬紧牙关,她开始拆解自己
拆开胸口,让红日
和明月走进来
风霜雨雪也跟着挤进来
拆开头颅,让文字走进来
冷言恶语也跟着挤了进来

现在,她自己就是一个世界
立在尘世的对立面
她没有和尘世身贴着身
而是和尘世之间
保留出一个胡同
留给通行此处的其他人

奶奶也喜欢养动物

奶奶一直不喜欢养动物
自己的前大半生都没好好活过
哪里还顾得及其他
可孙女喜欢
于是她的生活里就多了一条二哈
过来黑风,黑风过去
黑风是孙女给二哈起的名
她就跟着叫
可她仍然不喜欢动物
一日三餐饲养黑风
也是看在孙女的面子上
一天,二哈突然不见了
她开始满世界地找
夜晚,黑漆漆的村子里

也回荡着她喊二哈的声音
一声接着一声
这声音喊得饥寒交迫
喊得我恨不得应答一声

不识字的表嫂怎样签字

不识字的表嫂

硬是学会了签字

进工地的时候签

打欠条的时候签

上法院的时候签

打离婚的时候签

住医院的时候签

病危的时候也签

表嫂签字

一笔一画地用力

签得很慢。每次签字

都仿佛是她最后的坚持和尊严

他也只是一个瓶子

他把捡到的饮料瓶
打开盖子,用脚踩扁
不断发出积雪坍塌的声音
在这个深秋
人间的雪,还未到来
而一个一个踩瘪的空饮料瓶
节省的空间和落叶形成呼应
如同一个季节的前奏

他不断地弯腰缩身
以及脸上反复叠加的皱纹
仿佛有一只无形的脚
正在试图把他踩扁

多喝热水,真的

父母的一生

让我记忆最深刻的是

无论是谁不舒服了

都会给对方倒一碗热水

仿佛对方不是生病

而是缺少一种温暖

仿佛人间

没有热水解决不了的问题

这让我时常想起一句经典台词

同志,喝碗水吧

我和我的爱人

作为60后70后

长期的生活习惯带来惯性

我们也会经常为对方倒上热水

只是把一碗变成了一杯

老婆的禁忌

在崇祯皇帝殒命的地方
在歪脖子松树前拍照留念
仿佛我也是皇帝
刚刚走下历史的石台
不料手机相册被老婆删除
她宁愿自己的老公一生平淡
也不要一根白绫成为命运的隐喻

只能成为竹子的一段

时至今日

我对竹子笔筒仍然情有独钟

我见过大风中的竹林

点头哈腰的竹子左右摇摆

远不及那些树木挺拔

每次暴风雨后

竹子就会愈发青翠

和残肢断臂的树木形成反差

父亲一直用竹子教我做人

几十年来

我却一直做不成竹子

竹子因为空心而能屈能伸

每次把笔从竹子笔筒里取放

我都会迟疑一下
想起过世多年的父亲
都想和父亲说
作为一个内心布满年轮的人
我只能成为竹子的一段

神 剧

如果母亲在
我会推荐给她看
母亲会全神贯注
不断露出欣喜的表情
可如今天堂里的母亲早已成神
神剧就失去了位置
神的事情,母亲比我更清楚

北坡那一小片完整的雪地

一场雪
下在一望无际的苏北平原
我的热爱还没有消退
雪人还没有形成
融化就开始了
当我带着铺天盖地的遗憾
来看望父母的坟,才知道北坡
用薄冰
为我保留了一小片完整的雪地

痛哭后变成孩子

大哥说,坟头的草不能薅
所以我们只是拔了几株周边的野艾
我们过来祭奠,三年了
父母的坟还带着人间的温暖
周边的草木已经枯黄
坟头草仍然青翠

阳光明亮得一如既往
泪水洗过的脸颊被照得很暖
像一种安慰,被光捧着
每次在父母的坟前哭泣
我都能卸下生命中最沉重的部分
离开时,感到一种轻盈
仿佛一个孩子,重新得到勇气

我等了好久

七成熟的人参果
被采摘、装箱
经过长途跋涉
抵达南方的各大卖场
就成熟了
有经验的果农
都懂得这个道理
就像我们当年,一个一个
十六七岁离开村庄
到了城里之后
才成为了第一代农民工

今天下午
收到甘肃好友寄来的人参果

并附言：自然成熟

这让我瞬间有种

想流泪的感觉

为了这些自然成熟的果实

我好像等待了很久

大地收获了我们的母亲

叶子开始离开枝头
粮食开始离开田野
也有人把这些离开说成收获
比如拾棉花的母亲
一袋一袋背着棉花返回家中

母亲也是在十月
从人间离开
我们把母亲埋进田野
大地收获了我们的母亲

掏出文字，让人间沉甸甸（组诗）

（一）掏出体重

下笔沉重的人
大多身体很轻
他把文字掏出来时
也把体重掏出来
以为这样
人间就会变得沉甸甸的

（二）群山中

那些房子
像是随手撒在山里的
在此处，我愿意相信神灵

愿意在每一座峰顶
顶礼膜拜

(三) 火车

一列一列离开车站的火车
多像是大地
抽取的一根一根火柴
点亮一盏一盏城市的马灯
点亮这个异乡的万家灯火
异乡的霓虹每亮起一盏
故乡，就会有一扇窗口
灯光熄灭

(四) 蚂蚁和果树

把蚂蚁画大，果实就小了
还原了蚂蚁，果树又太高

可是我真的，不能
把蚂蚁画在果实上
这类似于我的底线

（五）打盹

我只想睡一会儿
坐在楼梯处，靠着墙
闭着眼睛
不怀念任何人

（六）寻人启事

一张红纸，在雨中
一面流血，一面流泪
我担心它从墙壁上掉下来
伸手扶了一下
它就一下抱住了我的手

岁月,请容我待价而沽

生而为人的价格

岁月付出的银两

不断增加

为了对应

我开始动用皱纹

在额头画出练习册

童年一十二

青春二十三

还有四五十的壮年

比起百年

尚欠少许

容我待价而沽

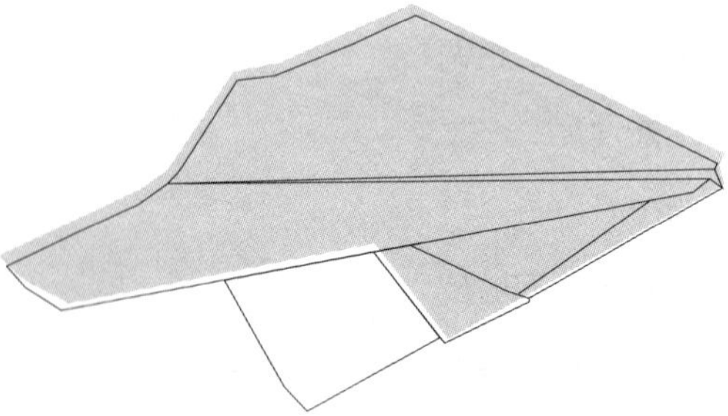

第 3 辑

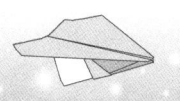

生活从不亏欠任何人

生活从不亏欠任何人

我们是这个世界
后来的闯入者　所以
生活从不亏欠任何人
是我们一直向世界索取生活
不是我们抓不住时间
而是我们太匆匆
时间抓不住我们

我们总是夸大其词
把愁云形容成悲伤
把小雨形容成河流
而我们一生的悲伤
不过是时间的两颗眼泪
白天一颗，夜晚一颗
我们的快乐也是

真正的自由和腿脚无关

经年之后

一棵树终于挣脱了

最初捆绑了它

固定着它的绳索

像一匹马

挣断了束缚它的缰绳

而它仍然立在原处

一动未动

它用了这么多年

扎根

向我们证明

生命，不需要束缚

证明真正的自由

和腿脚无关

话桑麻（组诗）

（一）白露

河水流动的响动
是月亮躲过白日的喧嚣
蹚水过河的声音
后来月亮是湿的
月亮照耀的人间是湿的
草地、树叶、围栏
上夜班的外卖小哥
也是湿的

（二）芒种

早高峰遭遇堵车

外卖箱裹挟在上班大军里

左右摇摆,前冲后突

像风雨天

一株庄稼地里的杂草

午高峰不出所料

收到两份罚单

像是一碗米饭里的两粒沙子

现在是傍晚

当我骑行在沿河大道上

有风从水面吹来

带着水草的清脆

让我突然想起

今日芒种

(三)立秋

她说妈的

女孩不应该爆粗口

不过也没错

女人不应该做骑手

所以负负得正

她说妈的

送完这单就下班

她说妈的

再送两年就滚球

她说妈的

孩子两年后毕业

她说这些话时

那么自然

仿佛一个女孩

成为一位母亲

就像一株庄稼

进入秋天一样自然

（四）小满

现在是打工出行的淡季
列车每到一站
就会慢悠悠地
上来一些人
和下去的旅客数量相当
所以列车一直没有满员
这让我始终觉得自己
是麦穗里
一粒正在灌浆的麦子

列车一路向南
像风中的麦穗
穿行在春天
穿过楚汉，穿过长江
穿过一千里平原
我在中途下车

像一粒未成熟的种子

带着季节憧憬和遗憾

（五）春分

喜欢裸睡

喜欢像一棵落了叶的树

每天早上重新发芽

闹铃响起

如同季节来临

一棵树

重新打扮自己

修复季节所有的伤口

在人间

摇晃自己翠绿的枝叶

喜欢裸睡

替天下无法脱身的事物

宽衣解带,进入梦乡

一觉醒来,像一粒种子

和春天坦诚相见

(六)清明

埋在春天的

一粒种子

让所有的坟茔都攥紧了拳头

像一种誓言

和大地较着劲

所有的路,和我们

都遏制着发芽的欲望

只有这一天

天空下着刀子

让人间举着岁月的利刃

粮食唤着我的乳名

当风推动漫山遍野的黄沙
一幅一幅展开历史的卷轴
聚沙成丘的是
收割后的粮垛
和躬身挥镰的人
从秋收起义开始
一盘散沙已形成滚滚之势
开镰、开镰、开镰
懂得了聚沙成丘
也就懂得沙里淘金

只有从天而降的
才是金黄的粮食
先从我父辈,此起彼伏

高高扬起的木锨里

后从收割机

有条不紊的输送带上

金黄的粮食高高起飞

形成一座座金黄的山丘

和我青葱的年华

构成跋山涉水，绵延不绝的关系

当我在人生的中途

头枕交错叠加的双手

金黄的粮食，突然布满夜空

呼唤着一代人熠熠生辉的乳名

麦子麦子，高粱高粱

玉米玉米，稻子稻子

那些高高举起粮食的人

也被粮食高高举着

曾经丰收着一片田野

如今丰收着整个人间

所谓废品,只是没有遇到恰当的人

在废品回收站
我看到一些堆放在一起的
菜刀,锄头,铁锹,锤子
钳子,扳手,螺丝刀
各自带着自己的锈
被归纳
它们的钢铁意志和闪光
有的磨损于漫长岁月
有的消弭于懒惰和遗忘

离开时我带走了一把
纹路完好的钳子
我会用柴油唤醒它
重新给予它作为一个五金工具

灵活、繁忙、坚硬的一生
告诉它所谓废品
只是没有遇到恰当的人

一想到……

一想到剥离,我就感到疼痛
一想到落叶,我就感到温暖
想到大雪,我就感到明亮
想到了你,我就感到柔软

被压住的种子
因为弯曲变得更加倔强
就像被生活压弯的人
在时间的缝隙里来来回回

我想念的事物,因为有你
总在夜里熠熠生辉
很多往事如同星空
一盏灯亮了,整个人间就飞起了萤火虫

绳　子

绳子有时也是梯子

当绳子从高处垂下来

爬上来，爬上来

你就能脱离苦海

我对垂下绳子的人心怀感恩

通常会四肢用力

两手握紧绳子

两脚蹬住峭壁

也有人以安全为名

会把绳子绾成一个绳圈

喊着号子

很卖力

而我的发小死于悬梁

出于对绳扣的本能抗拒
我会在绳圈里套进一根木棍
让它成为一套鞭子

对于河流的认知

大汗淋漓
让他们和尘世之间
又多了一水之隔
我若靠近
就需握住这支笔
如同握住当年渡河的竹篙

落日把一天的影子展开
铺平。还给大地
像一天的利息。此后
就和夜晚两不相欠
所有的河流都在
黑夜燥热的脊背闪着光

我多想大地可以站起身来
揉一揉腰和他闪光的额头
把河流和疲惫还给红尘
允许天下众生仰起脸来
聆听一滴汗水
牙关紧咬的沉默和咆哮

庐山慢(组诗)

(一)庐山的路

山路一直辗转腾挪
和出租车司机的指教
形成呼应
我说东,山路突然向西
我说南,山路突然向北
我有四平八稳的扑虎拳
他有千转百回的凌波微步
一路过招三百回合
直到民宿挑灯和解
整个天空像一顶斗笠
遗落星光

（二）天空的集市

这些雨水不是下下来的

而是从附近的云里走过来的

一滴连着一滴

我可以叫他雨兄弟

也可以叫她雨姐妹

在牯岭，遇到一场雨

不知道谁是主人谁是客

谁是凡人谁是仙

在离天空最近的集市

和一场雨勾肩搭背

在庐山，所有雨水

都收拢了苦情

没有一滴像眼泪

他们一颗连着一颗

做着真正的雨水

只打湿衣服，不打湿笑容

（三）慢

庐山的日子

慢得让人有返青的欲望

我们走了好久

只是从湖走到湖

从牯岭走到牯岭

从尺八走到二胡

从老王走到老王

我只记住了生活的两端

像一种容器

被盖子拧紧

在庐山触手可及天空

不知道是不是因为离天太近

庐山的慢让人想到一生

还有那么久

想到爱情和诗歌

也还有那么久

天上一天,人间一年

(四)如琴湖小雨

如琴湖水位下降四米
像一种水落石出的表白
去往湖心岛的小路
高悬空中,未设护栏
一水之隔,是险峰
看起来那么地近
走上去那么地远
仿佛爱情

每一滴水一生
只能发出一次声响
但是它们并不悬而不决
一颗接着一颗从松针跳落
叩问青石

水滴石穿的密码

此刻,我想做义无反顾的水

也想做顽固不化的石头

在庐山,时间是永恒的

一切都来得不早不晚

无论遗憾,无论圆满

包括这些猝不及防的鸟鸣

(五)无名山头

它应该是有名字的

可左右没有知道它的名字

高铁的速度让它不停地奔跑

清晨的温度尚且清冷

可山头蒸腾的白雾

让它气喘吁吁

像是奔跑中的送餐人

左手拎着鄱阳湖

右手拎着鄱阳湖湿地

（六）端午节在庐山

庐山，一直在我的梦里

在一场场重大会议

掷地有声的言辞里

总觉得历史的回音

和这些拔地而起的水有关

和怒放的桃花、绵延的山峰

千古流传的诗句有关

我一次次设想遒劲的松枝

如同历史伸展的手臂

却不料这里的水杉

如此挺拔、伟岸

如同巨人抱手而立

我以为登上峰顶

就会万物臣服

一览众山小

可云雾居然如此贴近

绵延不绝

山有多高，雾有多高

一种轻和一种重的相依相偎

让人惊叹

如果历史可以回头

决意沉江的屈大夫

也许，就会放下天下

所有的石头

（七）再见庐山

对于历经风雨的一座山

无论我有多爱

我知道无论我如何回头

庐山都不会相送

也不会挽留

中途下车

每到一站
列车员响亮的嗓音
就像是一种叫卖
都会有一些旅客
被地名挑选下车

我羡慕那些率先下车的人
他们离家那么近
也钦佩那些最后下车的人
他们走得那么远

我没有抵达终点
没有看到后来

空荡荡的列车

和列车员

一身轻松的样子

向外看,向内求

在龙门,神太多
而人更多
所以神有时也无能为力
佛用一整座大山
依然遮不住人间的阴雨
这些雨水穿过大山的裂缝
仿佛是佛　流下的泪水

太多的石窟是空的
太多的佛不在家中
人间最好的是人
最坏的也是人
有人从心里把佛呈出来
放进岩石

有人却从岩石里窃取了佛首

女性的佛
要经过多长时间的挣扎
和抗争
才会从大山里挣脱出来
成为一尊佛像
如果叩拜,我愿意
向那些失去头颅的佛像
和女性叩拜
替人间背负罪恶的人赎罪

当我们到达白园码头再回头
左边是龙门大桥
右边是伊河流水
只见青山不见佛

当 归

这应是一个日期
之前是中秋,现在是清明
如果是一种别离
我回来了,而你已离开多年
以土为鉴
你负责根深蒂固,我负责红枝绿叶
慢慢煎熬
日子里便有了药的味道

穿戴整齐的米粒

这些来自田野的米粒
这些白白净净的米粒
这些有了一把子力气的米粒
绿衣服的米粒
穿戴整齐的米粒
多像是初次进城的
一群羞怯的女孩
怀揣一颗火红的大枣
怀揣家乡的眷恋和甜蜜

泡桐叶的仪式感

还有什么落叶

能比泡桐树落叶更隆重

更有一种仪式感

先是啪一声离开树枝

然后咚一声落地

如同天地的一种呼应

几片泡桐树叶落下

就落下了整个秋天

在树叶作为烧柴的童年

如果放学经过时

恰巧风也经过

就能一次捡拾很多片

带着泡桐树叶

奔跑在回家的路上
像一只扎满翎羽的鸟
带着幸福鸣叫和风声

打马贾家庄(组诗)[①]

(一)抵达

出发前,提前温习了
《吕梁英雄传》
黄土高坡、白羊巾和窑洞
从飞机上看夜空
梦和梦离得更近
吕梁的路
沿途因为没有路灯
才是真正的路
在车灯里绵延向前
仿佛够我们奔跑一生

[①] 2023年8月27号,我参与了山西吕梁贾家庄的采访,尽管只有三日,走马观花一样,仍然带给我诸多震撼和感想。

（二）开启

贾家庄的早晨
一切都在静谧中
光亮慢慢渗透
时光如此静好
窗外的槐树
举着茂盛的叶子
宛如举着一枚枚指纹
贾家村的鸟鸣
比天明稍晚一些
每叫一声天光就增加一分
大部分的鸟，叫声细碎
间或几声粗大嗓门的喜鹊
天空就完全明亮开来

（三）遐思

贾家庄的喜鹊

多于其他所有的鸟

叫声略少于树叶

我在玉米地独自散步

晃动几株玉米的天缨

为玉米的缨棒授粉

假设自己是这片田园的主人

从8点到10点,一直试图

在玉米和玉米的行距间

在此起彼伏的虫鸣里迷失

天色晴好,上午的阳光

始终正确修正着我的影子

(四)回溯

这些在平地建起的窑洞

让我记忆里的窑洞

成为窑洞的倒影

在窑洞的炕头俯身起身

假设我是这里土生土长的主人

从这里起床，也在这里出生

一间一间窑洞都住着我的亲人

而实际上，这里早已荒芜

窑上窑下都长满了茂盛的草

我特别不希望用荒草

去形容这些

长在历史建筑上面的植物

我想称它们为生命

说这里到处挤满了蓬勃的生命

一些坍塌的墙

仍然保持着历史

方方正正的样子

在古村里行走

岩石铺成的上坡下坡

让我的人生变轻

时间突然变得很慢

千年槐树也没有想象得那么高大

这里，很少有宗祠

每一个村庄

都住着很多姓氏

所有的姓氏都万众一心

（五）古树

我最羡慕这些树木

在大雨里，从容不迫的样子

时不时摇摇头，抖抖身体

甩一甩浑身的水珠，重新挂满

而我每次在乌云压顶之前

就开始仓皇，东躲西藏

"不要在大树底下躲雨"

会遭雷劈

雷电挥斧劈来，不是报应

而是天空恼羞成怒

每一棵古树都桀骜不驯

在风中也不弯腰

在吕梁和遍地古树相遇

被它经历千年后

依然稚嫩的新绿折服

生而为人，我很抱歉

（六）在文庙

平静的水面

容纳万物的倒影

哪怕是一碗水

也能容纳一大片天空

如果波浪翻涌

就算是大海

也仅仅只是大海

在文庙

我向每一位先贤揖手

先贤也对我揖手

先贤和我互为水面

事物都有两面性

纯粹也是

（七）傍晚

漫山遍野

纵横交错的黄土

在西北汉子强健的脚下

荡起了一阵阵历史的尘烟

天空正在动火，烧云

要用一周天的佳肴

款待远方来的客人

在吕梁，大碗喝酒

一部《春秋》

再谈英雄三千年

为了太平

走尽天下不平路

(八)离别或重逢

集市上的竹竿
售卖的是竹子
非凡的韧性和气节
在返航的航班向高空攀升的中途
我从舷窗俯视
终于看见了一群羊
在碧野移动,一块一块的白
和我身上的白衬衫
互相映衬,互相寻找,互相补充

小到不能再小的雨

雨
我说的是小雨
小到不能再小的雨
小到所有人
都没有想到雨伞或雨衣

像一个人在大街上
悄悄悲伤了一下
就赶紧扶起摔倒的电瓶车
赶紧恢复笑容

砖缝里

只要往边挪一点点
哪怕是几厘米
这一丛草
就可以生长在松软的土地上

每次路过这丛草
我都想从身体的侧面长出根来
这种感觉迫使我
每次都想去拉一把那丛草
却又总是担心将它连根拔出

多么简单
就像一个人挪了挪脚

就可以改变一生

可对于一丛草

却成为了一辈子的遗憾和奢望

和一场秋雨互换角色

大雨中的树木左右摇晃

仍然躲不开,雨水的捶打

一片叶子落下了

一片叶子又落下了

我们在马路上穿梭

浑身湿透,也像一场大雨

如果可以替代

我愿意和这场大雨互换角色

遇到树叶时会轻一些

再轻一些

轻到叶子不落

只湿嗒嗒的,滴着水

仿佛现在还是夏天

路上被淋湿的行人

只沁凉,不哆嗦

草 籽

我喜欢粮仓里
那些身份不明的颗粒
呈黑色或紫色
这些种子躲过锄头、农药
躲过一次次清除
劫后余生

每当它们出现在粮仓
我都有一种莫名的兴奋
仿佛嗅到一种特别的香气
我一直尝试接近它们
不惜顶着世俗的偏见
所以我也时常
成为队伍里的极少数

时常让一些名正言顺的农作物
指认为异类

我接受
人们的手指围绕过来
呈挑拣的姿势,这是宿命
但我拒绝任何人
只伸出一根手指
趾高气扬地抬高鼻子
不服,可以放马过来
在这一望无际的原野
一决高下,也分生死

我在路上看天黑

房子建在哪里
哪里就是村庄
庄稼长在哪里
哪里就是田野
只有道路是认真的
要么正东正西,要么正南正北
工整得像亘古不变的道理

因为一望无际
所以天黑得很慢
高铁从德州拉起夜幕的边角
到了天津也没有遮盖完毕
裸露着的池塘

仍然是一片一片镜子
把白天一些过多的光明
纠正过来

中秋，万花筒里的月亮（组诗）

（一）

今夜，所有的声音
都是月亮发出来的
所有的寂静也是
我在午夜的路边停留
看月亮把一些车辆挪开
把一条空荡荡的马路给我

黑夜是大地的影子
今夜大地没有影子

（二）

月亮出来的时候

我对自己说
给自己放个假吧
半小时,营造一下
节日的仪式感

公园石凳的清凉
路边桂花的香气
月亮像一块完整的糕点
我像一只拆掉电池的钟表

每逢假日佳节
城市的马路就寂静下来
宽敞得如同理想
我用手机给自己照相
咔嚓咔嚓像时间的脚步

圆月真的好看么
把手机放低

让脸颊遮蔽一块月亮

就能和月亮相互咬一口

也可以相互亲吻

(三)

月亮经过江水的清洗

被天空小心翼翼地捏着

附近的云朵

也白得像天空干净的衣袖

下坡的时候

我开始减速

避免颠簸惊扰了天空

还有什么比一尘不染

更让人爱惜

我的身体也像一支

蘸满了月光的毛笔

敲门声比往日轻柔

从一楼到六楼

从六楼到一楼

我到过哪里

哪里就留下一行

湿漉漉的月光脚印

（四）

一想到你们

还喜欢着同样的事物

你就原谅了爱情

以及后来的背叛

一想到你们今晚

用同样的姿势看着月亮

就像你们拥有一个

共同的孩子

一想到中秋

我的心里也亮着一种圆

有些遗憾,像云

我不能祝福你们破镜重圆

但是我愿意祝福,今夜

故乡和异乡,都有晴天

(五)

艾山乱石沟

据说薛平贵西征时

三枪,从乱世

挑出一沟乱石

游览的人还在攀爬

像一些石头

从山脚把自己搬上山顶

从傍晚搬到黄昏

成为星星

和秋月只有一步之隔

一动不动的山

等得急了

也会突然失去耐心

成为流星

一群年过半百的人

带着各自的轨迹

陨石一样遇到

乱

石

沟

蟋蟀拨动秋天的琴弦

萤火虫的舞蹈错落有致

我们有整个秋天

一个喂养生命的季节

秋天的花开太白

月亮是一朵

我们分别是一朵

兼听则明

这几天耳鸣得厉害
几十年来，耳朵
一直附耳倾听
终于学会了自己发声
学会了自言自语
这些含混不清的发言
尽管不明却
足够振聋发聩
足够引起头脑的重视
追查根源

做一个"兼听则明"的人
其实并不难
只要几个彻夜辗转反侧的夜晚

思考几个小人物现实中
信手拈来的问题
比如上学,工作,彩礼
房子,车子,医疗,养老
……

岩 羊

总觉得岩羊像一个
离群索居的人
后来才有了自己的家族
一定是熬过了种种苦难和眼泪
当岩羊的叫声穿过山谷
我就仿佛看见一个站在绝壁
展开双臂仰天长啸的人
每次想到岩羊的叫声
我都忍不住驻足回头
好像自己也是一只岩羊

想到岩羊,就想俯身
放缓人间的陡峭
如果生命没有杀戮

岩羊是否

会从这条绝壁上走下来

向我们靠近

这样想时,风

就悄悄生长了一对犄角

在我身边蹭来蹭去

立起手掌,像佛

规劝岩羊从绝壁走下来

就像规劝离群索居的人

一步一步放下

对世界的芥蒂之心

劝那些行动迟缓的岩羊走下来

你太老了

那些陡峭不应该继续属于你

劝蹒跚学步的岩羊走下来

你太小了

那些陡峭还不应该属于你

我还要劝那些怀孕的母羊
也走下来

也许我太世俗了
所以对失足深怀恐惧
可我是那么希望岩羊
像一只真正的羊
被世界温柔以待
每次用手抚摸地图
抚摸喜马拉雅山、昆仑山、狼山
就想将那些耸立的绝壁抚平
将天下的枪声、刀剑、陷阱
逐一抚平
抚出一个太平盛世
抚出人间的和平共处

纸张一声不吭

竹子燃烧时不断发出呐喊
叶子燃烧时小声呢喃
木头燃烧时也会发出呻吟
我时常猜测那些声音的含义
是亢奋是愤怒还是挣扎
可更让我揪心的是
那些纸张,那些千言万语
七情六欲,在化成灰烬之时
一张一张居然都一声不吭

我为什么长不出翅膀

如果我是飞鸟
一定会把巢筑在
粗一些的枝杈上
绝不会让家
在细枝末节摇来摇去
把家人置于摇摇欲坠之地
也许正因为这种想法
我才会长不出翅膀

成为苍蝇

只有人们口口相传的小吃店
才有资格成为苍蝇馆
名列苍蝇馆榜单
这应该是苍蝇最高的荣誉
在成都,人们愿意放下成见
把爱和赞美赋予每一个生命
在成都,我愿意放下
所有关于飞鸟的想法
只为翅膀,做一只
来去自如的苍蝇

纽约上空的鸽哨[①]（组诗）

（一）

作为传统的农民

每年我们都在给大地理发

高粱、玉米、小麦、大豆

无论什么季节

只要我们挥动工具

都能把大地的长发

修剪得整整齐齐

理发师和我讨论国际

[①] 2023年10月底，我跟随代表团出访美国纽约，参与了中美两国民间交流活动，在美国逗留三日。以此记录一些体验和感谢。

三七开、中分和大背头
但我仍然坚持平头板寸
也许年轻的理发师
还不能理解
一个年过五旬的人
对于土地的眷恋
和收获的喜悦

签证下来了
在这个金秋十月
大地布满了待收的庄稼
临行前,爱人把
充满了电的剃须刀
装进我背包的夹层
她早已把披肩长发
在脑后盘成了发髻
像一座,丰收后的粮仓

(二)

签证处老外头顶的不毛之地

发出黄土般的光泽

我好想种上一片庄稼

或者蔬菜

让他更接近民间的泥土

他用手指着我两边的人

"不要帮他"

这和我们的民族团结情结

背道而驰

一种本能的感觉

让我对某些主义

又增加了一种

刀锋般的偏见

但我只是抻了抻衣领

想象了一下肩章和帽徽

（三）

"不懂英语在国外如何生活"
签证官用手指指过来
"他们，不是你的亲人"
也许，签证官先生
在这里我们来自各自的省份、市区
但是，到了国外
我们就是一家人
你们追求独立、个体
我们追求团结、互助
没有谁对谁错，只有观念不同

（四）

北京和纽约十二小时时差
总让我觉得
昨天看到的太阳

今天又看了一遍

与阳光有关的事物

必然也会重来一遍

（五）

出租车拐过弯道

道路的左侧

突然出现了一大片墓园

那些或高或低的墓碑

形状各不相同

这么大一片墓园

要找出其中的一座墓不容易

找出其中的一个魂更难

因此，我们选择展开双臂

不远万里，用温暖拥抱温暖

(六)

27小时信号中断

妻子号啕大哭

距离产生的恶意

包含着历史的硝烟

在美国纽约街头

我承认,我转向了

我和这个世界依然存在误解

(七)

一种草绿色的出租车

每次上下客

都会降低车体大约20公分

机器为了人民

尚能如此

我们人与人

为什么不可以？

我们民族和民族

为什么不可以？

我们国家和国家之间

为什么不可以？

同声传译

让我把每一句话都听了两遍

可笑容仍然比所有人

都来得更晚一些

晚来的笑容也是笑容

（八）

没有什么比战争留下的伤口

更难愈合。在世贸遗址

日夜不息的水涌向四壁

像一个个刻在岩石上的名字

日夜不停地呐喊

每一个无故死去的百姓的命
和灵魂都是重的
因此形成的巨大深坑
直坠地狱的核心
排队打卡的人像一面墙
那些亡灵腾出的空地
形成的景点
让人间更加拥挤
我一个人,站在遗址的另一边
因为孤独获得了独立

(九)

一棵树的落果
足够一只松鼠不停地忙碌
藏好了一颗,又捡起另一颗
既没有争抢,也不用分享
可它依然如此忙碌

为未知做足准备
纽约的天空一直嗡鸣

(十)

那些鸽子,在上空来回盘旋
只有翅膀划动天空的声音
和电影里的呼啸大为不同
真正的鸽群,白得并不纯粹
灰色的、黑色的翅膀
不用担任和平角色
来回穿梭更加自由
真正的鸽子,没有鸽哨
真正的和平,无需示警

大地已经尽力

这些耸立的高楼

是现代工业在大地上

夯下的一枚枚钉子

大地要承受多少穿身之苦

要多疼,才能挂住我们

在这动荡的人间

一挂就是一辈子

大地已经尽力了

可有的人还是提前

掉了下来

王家庄，刘家庄，李家庄

老村庄拆除重建之后
青砖碧瓦的小楼整齐划一
门前马路条条宽敞
明亮、干净
名字也似乎一尘不染
丽水园，金水园，玉水园
园子里重新居住着村庄
原来的村民
全部来自原来的村庄
王家庄，刘家庄，李家庄
当我想起这些熟悉的名字
好想好好哭一会儿
然后重新擦干眼泪

如果没有人，还叫不叫人间？

从上海去往北京的飞机上

天空一退再退

我曾以为

只要穿过了云层

就能触摸到上天

曾以为我们许下的心愿

被乌云遮蔽

并因此不够纯净

在一万米的高空俯瞰

所有的云都白到耀眼

而完美的蓝，才是一种

一望无际的绝望

才明白不完美的美

是一种真正的美

我们一再抱怨着的人间
如果没有了人，算不算完美？
如果，没有了人
还叫不叫人间？

鱼 刺

它用一生的风浪
把自己的一条条肋骨
磨成一根根针
这是生而为鱼
对抗人间的最后方式
和尊严

在餐厅,我看见有人
在餐盘里留下
一副完整的鱼刺
如同一株茂盛的植物
并把鱼眼架在尾端
像两盏灯笼

小河被淹死

在立新河和钢河的交汇处
我看见立新河从容不迫地
移动它小小的身躯
一步一步走进钢河深处
此后再没起身
一条小河被另一条小河淹死
没想到一条时断时续的小河流
带着沿途村庄的小池塘、小河沟
居然以如此决绝的方式
像一代村庄里的老人
完成了自己默默无闻的一生

等我清闲下来
我一定要到钢河的下游去

看一看钢河最终的去处

我要捧一捧钢河的水

喊一喊立新河的名字

喊一喊村庄，父辈人的名字

爱是一种薄弱环节

我们总是习惯

把往事做成绳索

对未来处以绞刑

没有用的

只要有爱,绳索就会不够牢靠

麻绳专从细处断

去除爱的环节,又不够长

这死不了的未来

无论多么想不开

也只能揉着摔疼的屁股

一瘸一拐地往前走

还需要一段又一段的爱

来增加往事的韧性

抵达人生的尽头

直到,对过往

产生无限眷恋之心

大地的呼吸与胎动

山坡上一排排

整齐的墓碑触目惊心

这些石头本就是大山的孩子

被从大山的身体里取出来

又立在山坡上

成为大山背上的婴孩

这些长眠的人

在人间走了一遭,累了

重新返回母亲的怀里安睡

可是我却如此想哭

想把他们喊醒

看看这列正在远离的高铁

和高铁里这么多

正在远离故乡的人

这些大山
的确是大地隆起的腹部
高铁轰隆隆进入隧道
我听到大地急促的呼吸
以及她那么强健的胎动

看夕阳的 N 种选择

看夕阳的时候
我会跑到宽阔的河堤上
看夕阳落进干净的沂河里
也会跑到村后小路的拐弯处
看夕阳落进平整的田野里
在故乡,我绝不会
站在门前的桥头看夕阳落进
乱糟糟的老村庄
那里的房子年久失修
那里的人都老态龙钟

新农村的傍晚

一个人赶着一群羊

走在返回村庄的河堤上

倒像是一群羊

在喊着一个人回家

一个人没有回家

一个村庄就空了

一群羊咩咩地叫

时不时停下来等一个人

夕阳也在等

仿佛一个人不回家

就连落山也没有了意义

乌 鸦

在苏北平原乌鸦很少

所以我对于乌鸦

并没有书上描写的那种偏见

甚至有一种暗自的喜欢

多好啊

在色彩斑斓的大千世界

它有自己纯粹的黑

和属于自己的翅膀

在白天是一种反抗

在夜晚是浓墨重彩

就连叫声都那么直白

呱,呱,呱

就像一个民工

用抹刀把灰浆一下下甩到墙壁上

再挥舞双臂

用飞行一样的姿势抹平

如果不下一场大雪

如果不下一场大雪
你永远不知道
一幅画从哪儿落笔
不知道苏北平原
到底有多平,像一张照片
如果不下一场大雪
你永远不知道
一个人到底有多完整

当一场大雪
在相框里褪去底色
那些铺天盖地的阴云
和万里迢迢的北风
才刚刚抵达另一个人的中年

他站在原地

要多孤单有多孤单

就连影子,也丢失了

是水就流往低处

一出生就被举在高处

高于云,高于雾

高于地面的屋檐和所有人

但它夜以继日地

往下流淌。下山遇到它时

它开口说话

哗哗啦啦地和我聊岩石

松树、鸟鸣和花开

我和它聊起池塘

一年一年守着村庄

一年一年低着头

满怀心事,沉默不语

同行的王哥告诉我

泉水下山之后

一部分也去了池塘

或者形成了池塘

我说如果我是山泉

一辈子也不下山

王哥说，错

山泉也是水

是水就流往低处

后记　骑手的春天

"如果我低着头,肯定不是因为果实,而是因为背负恩情。"这是我近来发朋友圈时用得最多的一句话。一次次的机缘巧合,让我从一个外卖小哥、一个写作爱好者走到了公众面前。网友赋予我太多的荣誉和恩泽,使我每一步走来都变得沉甸甸。应该用什么样的方式来回应这种恩泽?思来想去,决定为外卖小哥这一群体写一本诗集。我希望一本诗集的出现会为人们提供一些思考,会拉近外卖小哥这一群体和大众之间的距离。如果掩卷之后能使读者做一小会儿沉思,我想:应该是一件特别美好的事情。

于是我做了外卖小哥的问卷调查表,列举了四个问题：一、作为一个外卖小哥，工作之中你遇到的最开心的事情是什么？二、作为一个外卖小哥，工作中遇到的最不开心的事情是什么？三、在做外卖小哥之前，你曾经做过什么工作？四、外卖这份工作你打算长期做下去吗？如果不做外卖小哥，你打算做什么？

我原以为每一个小哥的故事都是不一样的，就像我们常说，天下没有一模一样的树叶。可是调查表收回来的时候，我发现并不理想，外卖小哥们工作中的快乐点和伤心事大抵相同。于是，我改变思路，尝试走近他们，当面采访他们。我找到了外卖小哥的队长，从队长提供的线索里了解到了一些有精彩故事的同行。比如有的大学生毕业之后，找工作受挫，做起了外卖小哥，用小哥这一身份作为人生的跳板。比如在风雨中翻车折断肋骨的坚强小哥，比如刚入职屡屡犯错的新手小哥，更比如危难之际不顾个人安危的英雄小哥，等等。实际上，采访也并不顺利，当我面对面靠近他们，小哥们大多对我有着戒备之心。其实,外卖小哥们之前也可能从事过多种多样的工作,对未来也会有多种多样的憧憬。人与人之间不会完全没有距离,但是可以靠得更近,只要愿意,靠近的办法总会有的。后来,我就通过各种方式加入了很多外卖小哥的微信群,像一个卧底,每天不动声色地观察着群里的动向,这种方式有利于我更好地接触同行、与大家交流,也能更及时更真实地获得最新的资料。事实证明,"卧底策略"的确是一种有益的"靠近尝试",在《低处飞行》里,诗行拉近了人们的距离。

我喜欢被文字点亮的夜空,以及在文字里涌起的海浪,喜欢这一切都因为诗歌和我有关。这一切让我感觉到,在荒草连天的原野里有一条踩出来的道路,而那些倒伏的荒草依然倔强地昂着头。《低处飞行》这个名字,来自我为第二届小哥节(中国·浙江)创作的主题诗《低处的飞行》。小哥节的出现正好契合了我对这一群体的期盼，相信人间终将趋于美好，努力奋斗和相互关爱终将组成另一种春天："骑手的春天"。诗集里的大部分作品都与"小哥"有关。原因是我本身作为一名小哥，希望从自己的视角出发，通过诗歌写出对生活的观察、体悟和思考。我喜欢把生活中的细节写进作品，尝试用文字记录真实的生活。时常把写作当作寻找人间的补丁，把一块块补丁连接起来，连接成一件一件的百衲衣，可以为人间遮风挡雨，可以抚慰内心，可以让人变得沉稳、平和、善于容纳。没有圆满的人生，而人生中的残缺，仿佛正是生命努力的意义。因为残缺，所以我们追求圆满。我们不断努力，不断奋斗，不断追求，构成了活着的意义。做最努力的自己吧，当回首岁月，不为自己度过的每一寸光阴而感到后悔。哪怕我们一直平平淡淡。

你见过大海吗？当我第一次来到海边，见到

那些汹涌的海浪一次次扑向沙滩，我被震撼了，这种震撼不是从文学字行里，不是从影视直觉里感觉到的，那是来自内心深处的一种震颤。没有一层海浪是相同的，当它们一次一次扑向沙滩，看似乱糟糟的海浪退却之后，却留下了无比平整的沙滩。那一刻，我居然感觉到了顺从的力量，这种顺从仿佛带着一种对于生命的尊重。我在想，如果我的血管里面奔流的也是汹涌的海浪，而我日渐衰老的身体能不能禁得住这一次次的冲刷？能不能留下像海浪退却后的让人无比安宁的顺从？当我赤脚走在沙滩上，回看身后的脚印一次次被海浪擦去，我似乎想到了什么，可又说不出，是一种无力表达内心世界的感受。这就像创作《低处飞行》的过程中，我到了苏州文联，谈到这本诗集的创作初衷，居然得到了苏州文联方面的大力支持。那一刻，我陷入了一种莫名的感动，这种感动也是无法用语言形容的，就像被海浪抚摸后的沙滩……那一刻，我愿意，被恣意的脚丫踩出一道道脚印,然后再被海浪抚平。

在本书即将出版之际,借此后记,向饿了么外卖平台、苏州市文联、中国作家协会,以及所有接受过我采访的外卖小哥,表达深深的谢意!

2023 年 11 月 19 日晚

图书在版编目（CIP）数据

低处飞行 / 王计兵著. -- 北京：作家出版社，2024.2
ISBN 978-7-5212-2611-9

Ⅰ.①低… Ⅱ.①王… Ⅲ.①诗集—中国—当代
Ⅳ.①I227

中国国家版本馆CIP数据核字（2023）第235714号

低处飞行

作　　者：	王计兵
责任编辑：	向　萍
助理编辑：	陈亚利
装帧设计：	杜　江　周　侠
出版发行：	作家出版社有限公司
社　　址：	北京农展馆南里10号　　邮　编：100125
电话传真：	86-10-65067186（发行中心及邮购部）
	86-10-65004079（总编室）

E-mail:zuojia @ zuojia.net.cn
http://www.zuojiachubanshe.com

印　　刷：河北京平诚乾印刷有限公司
成品尺寸：130×185
字　　数：88千
印　　张：8.75
版　　次：2024年2月第1版
印　　次：2024年2月第1次印刷
ISBN 978-7-5212-2611-9
定　　价：58.00元

作家版图书，版权所有，侵权必究。
作家版图书，印装错误可随时退换。